有乜咁好笑?!

周 蓓

謹以此書獻給孕我育我
以至為我種下笑根的香港

目錄

（十四）妙哉中文

代序

塵紆（黃健庭）

隨口道出皆雋永
信手拈來盡紆懷

　　九年前當肥肥周蓓寫就新作《趁我仲記得》，便委任我當「終審庭」——最「終」「審」閱文稿的黃健「庭」，並囑咐我揮筆代序。既然忝在知交，樂為摯友，審稿之責，豈敢推辭？代序之事，更須躬身塗鴉以奉。

　　新書順利刊行後，自忖當了一屆「終審庭」，理應功德圓滿，自此可以終身免役。詎料前年，亦即《趁我仲記得》刊行七年之後，肥肥再次心癢手痕，毅然決定寫笑話書，並叮囑我重作馮婦。

　　自愧是黃台瓜，那堪再摘？本欲懇辭，怎料對方居然威嚇：如不遵辦，便立刻收回那張早在幾十年前發給我而憑證可以吃喝全免甚至任花任用的「老友證」。她「良言」勸進：「肥仔，你若然唔答應，今後吃喝全免……問！」

　　為了推搪閃躲，我乾脆回敬：「使乜作笑話吖？將你嘅肉照，貼響封面就得囉！睇吓你個肥樣吖，根本就係一個大笑話！」她聽罷，豈止不慍，反而微笑道：「多謝高見。不過，封面搞掂咗，書內始終要載述大量笑話吖嘛！你點都要寫番個代序，等讀者知道我自己呢個笑話背後，

原來仲有個更大嘅人生笑話——就係你老哥喇！」聽罷此言，為之語塞。只得就範。

提起笑話，這確實是過去大半生相依相隨的良朋佳友。回想年輕時，極愛看笑話。莫說是甚麼笑話大全，笑話匯編，甚至分門別類的，例如按照性別、歲組、膚色、族裔、宗教、行業、興趣、處境等不同類別編集而成的笑話，也一一看遍。當年曾經疏狂自詡，天下間已予印行的英文笑話，想必已經盡覽，應該沒有遺漏！那還不止，連滿紙屎、尿、屁的粗鄙漫畫 Hustler，也涓滴不捨。

雙肥相識於一九八三年。許是有緣，也正正是香味相投，彼此極為饞嘴，甚至斗膽自詡老饕，因此常有餐敍，盡享中西美食。肥肥是劉伶客，雅愛杯中物；可我滴酒不沾，自愧難肩「陪酒男郎」之職。這也是雙方情誼的一大憾事。無可奈何之際，只好祭出一個餿主意——每次樂敍，雖然體現不了「先飲三杯為敬」，但須奉敬新笑話兩三則，聊作佐膳，藉消永逸。此刻回想，當年笑話互奉，不意竟成當前肥肥笑話書的始俑者。

笑話互奉，當然不止於餐敍。日常通信，總必雋語連篇，笑話浪疊。單以寫此代序之前兩日為例，肥肥與我相約午膳。她提出日期時間後，便問我：

「刁定撈刁？」（按：即是 Deal or No Deal ？）

肥仔則施施回答：

「你？ㄐ硬㗎喇！」

「食乜？XX 街食貴ㄐ？」

「娶你（隨你）⋯⋯你啲ㄐ，有幾貴？」

「冇ㄐ陀表咁貴。」

「Chip ㄐ（按：即 Cheap Deal）！」

面對籮籮笑話，雙肥常有感歎：「笑話人人識睇，但唔係個個都識笑。至於識講笑話而且係講得洋洋灑灑，娓娓道來，就只有少數人得。」

懂不懂講笑話，固然是性格所致，但也須講求門竅技巧。換言之，除了性格使然，也要多靠技巧練習。搞笑話，最常用的技巧是 Malapropism，即是以一個近聲或近形的字，取代原字，從而製造另一種與原有字義迥然有別的效果。

單以雙肥上述對話為例，肥肥把英文 Deal 字轉譯成「ㄐ」字，就是把英文 Deal 字裡的長音 [i:]，化成中文「ㄐ」字的短音 [i]，又把本屬鼻音的 No 字，變成懶音即舌音的「撈」字。我回應時運用一字多義的技巧，故意把「ㄐ」字變成粗口，由名詞變為動詞，並且把「梗」字以「硬」這個近形字取代。以「硬」代「梗」，已經司空見慣。不過，大家有沒有想過，為甚麼以「硬」代「梗」，而不是以其他近形字代之？其實，「硬」也略帶「必定」、「必

然」之義，可以在某程度上代替「梗」字的「必定」、「必然」之義。

此外，當肥肥提議吃貴刁時，我先回答她：「娶你」，而這當然是「隨」字的近音字，從而增加搞笑效果；之後，我反問：「你啲刁，有幾貴？」我把原屬音譯的「貴刁」兩字拆開，分為「刁」與「貴」。如此一來，「刁」與「貴」這兩字便從無意義的兩個字即「貴刁」變成有含義的單字。肥肥回敬時說：「冇刁陀表咁貴」，就是承襲我所用的「貴」字，而以「刁陀」表作為物象回應。在整個通信裡，把原先 Deal 字轉成「刁」，再轉成貴刁的「刁」，後再轉成刁陀表的刁。對話結束時我故意把「刁」字帶回原意，即是 Deal，並以此作結。如此一來，這個 Deal 字就被雙肥玩了一大圈，而最後歸回原位。說穿了，雙肥上述通信，無非是靈活運用 Malapropism 而已。

其實，Malapropism 的巧妙運用，早見於莎翁喜劇。當然，這種技巧，我們自小孩時代已經受到環境薰陶。只不過隨後修習西洋文學時，從莎翁喜劇得到具體印證而已。

至於其他常用技巧，當然是活用 Pun，即語帶雙關的字句；又或是音同字異而引致笑話；又或借題發揮，多加延伸。一言蔽之，但凡創造笑點，所用技巧，皆以 Word Play 為本。要達到玩字靈活，信手拈來而 Gag 如泉湧，講笑話的人一定要有極為敏銳的文字觸覺。至於文字修養，反而尚屬次要。

以上創造笑話的技巧，均散見於肥肥的笑話書內。大家既可一邊看，一邊笑，也可以一邊辨別，肥肥在某個笑話內用了甚麼技巧。至此，我實在不應多言置喙！

常言道，要講解的笑話，就不是笑話了。縱或不然，經解釋的笑話，趣味肯定大失，而此刻我居然費盡唇舌，講解笑話，簡直有倒人口胃之虞！看來，肥肥勢必吊銷我的「老友證」，甚至與我這個乏味之人斷交。

我看，還是敦請看官自行翻閱書內各款笑話，欣賞這位高手為你擺下的笑話盛宴吧！

人生苦短，禍福無常，何不暫拋俗務，略卸家累，稍忘營役，定下心來，摸摸杯底，捧讀笑話數則，解頤片刻？

二〇二三年仲春

自序

　　小時候最愛看《讀者文摘》。收到新書，每每即時翻去「開懷篇」一欄，裡面的各式笑話總能令我開懷大笑。《文摘》還有「浮世繪」、「世說新語」等欄目，當中一個個的小故事，名人軼事，都能令我發出會心微笑。那個年代的報章雜誌不少也有笑話專欄，年幼的我，必定第一時間看飽笑話才看別的文章。

　　此外，母親曾任職電台和電視台，當播音員、演員和編劇，常有不少工作上的笑話帶回家以「饗」我們，包括語言文字，尤其方言的笑料，乃至戲劇中的搞笑橋段、蝦碌鏡頭，甚或只是一些「無厘頭」的情節、對白、笑料，都有助培養出我這種愛笑愛玩的性情和幽默感，以至一種開朗豁達的人生觀。

　　我在自由開放的社會和家庭中出生成長，很早已領會了 "humour" 一詞的含意。何謂「幽默」？「幽默大師」林語堂說：「幽默是一種應付人生的方法。」而我認為幽默是：「一個人想哭的時候，還有笑的興致和能耐。」這是我為「幽默」下的定義。

　　活了幾十年，遇過不少逆境：在家庭裡、在學業上、工作上、感情上、健康方面、人際關係方面的……。人生路上，誰都難免碰上一些令人沮喪、失望、痛苦的日子，甚至是令人痛不欲生、欲哭無淚、欲語無言的時刻。我如

何面對這些難關？我靠的就是一個「笑」字，哪怕是一笑置之也好，苦笑也好，嘻哈大笑也好，甚至是自嘲。「笑」的背後，也許就是培養多年的幽默感，一種抗逆的能力和本領吧。

數年前退下全職崗位，我決定要編寫一本笑話書。我要把有趣、可笑的人生百態都記錄下來，寫成一個個笑話；我也要把多年來聽過的、讀過的、或親歷其境的各種笑話、笑聞收集起來，輯錄成一本小書。本書內的笑話，絕大部分是取材自生活的原創故事，亦有部分是世代相傳的笑料，作者不詳，而讀者有可能聽過、看過的。所謂好書不厭百回看，好笑話也不厭百回講，故亦收錄在書內。再有的，是小部分笑話乃網上輾轉流傳而來，惟亦未能逐一識別作者，謹在此一并致謝。

生活越是艱難，我們便越需要笑話來調劑；日子越是困苦，我們越需要笑料來分心，笑以忘憂。在適當時候，我們更要學會自嘲，藉此暫時抽離窘境，才能保護自己，百毒不侵，把損傷減低。

學佛的朋友跟我說，對人微笑是最基本（也最不花費！）的「布施」；氣功師傅教我，要心情輕鬆，才會讓面容處於「似笑非笑」的狀態；歌唱導師也教我們藉練習「開懷大笑」，達到改善呼吸，進而調節情緒，增強唱功。時至今日，早已有不少科學文獻和根據，證明「笑」的確能令人腦部釋出減壓物質。由此可見，哪怕只是冷笑一聲，或苦笑一下，都能起到調劑心情的作用。

回憶起自己在寫本書二百多個笑話的過程中，着實享受了不少歡樂時光，一邊寫着寫着，時而輕聲淺笑，時而騎騎大笑，莫不令旁觀者為之側目，甚或投以妒忌的眼光。自問生性並不吝嗇，又豈能不拿這些笑話出來公諸同好呢？

閒話休提，就請讀者們先深呼吸一下，把面容調整至「似笑非笑」的狀態。讓我們一起開懷大笑，叫消極的情緒暫時靠邊站！在惡劣的生活環境中，讓我們暫且放下怒戾與煩憂，齊來「LOL」（laugh out loud）！只要你仍有笑的勇氣，有笑的能耐，你便能堅持下去；你要是笑到最後，你就是最終的勝利者。

二〇二三年仲夏

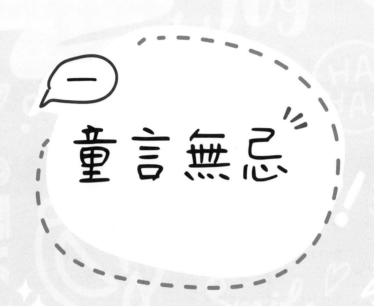

（一）童言無忌

生物的定義

四歲的女兒很有好奇心，愛發問，上星期她突然問我：「甚麼叫『生物』？」

我覺得這個問題較複雜，便因應她的程度嘗試解釋。

「唔，生物是會飲水的，我和你都是生物……」

她想也不想便接着問：「噉濕紙巾係唔係生物？佢都飲咗好多水喎……？」

百日宴

張太三次小產之後終於成功懷孕，喜獲麟兒。

張府為初生嬰兒辦百日宴，親友齊來祝賀。賓客中有李氏夫婦，偕同幼子出席。為免童言無忌，失言失禮，李太事先多番叮嚀幼子在席間切莫多言。

小李從善如流，整夜只顧低頭玩手機遊戲，未發一言。

散席送客之際，張太問小李道：「你平時咁鍾意講嘢，點解今晚唔多出聲？」

小李答道：「我聽媽媽話唔好講嘢。第日你個 BB 死咗唔好賴我！」

真正原因

美芬管教七歲的兒子非常嚴格，孩子十分乖巧，很有禮貌又守規矩，深得親友讚賞。

美芬對兒子說：「我小時候本來也很頑皮的，常常給你外婆罵。但我很聽話，長大後變得很乖，便再沒有人罵我了。希望你也像我一樣吧。」

小孩不假思索，說道：「現在沒有人罵你，是因為外婆很早已死了嘛！」

應酬

五歲的小超問爸爸：「今晚你會在家陪我吃飯嗎？」

超爸一臉無奈地答道：「不會了，公司有客人來了，我要去應酬。」

「甚麼是『應酬』呀？」

「就是不想去也得去的，不想做也得做的，就叫『應酬』。」

翌日早上，媽媽催促小超起床上學。臨出門，仍然睡眼惺忪的小超對爸爸說：「爸爸，再見。我現在去應酬了。」

小學生的爛 gag

午息時，阿廣和阿慶在課室談天。阿廣叫阿慶猜謎。

「玩甚麼遊戲易生危險？」

「……？」

「答案是『石油氣』。」

輪到阿慶問阿廣。

「『動物也大便』是甚麼？猜一國家名。」

「……？」

「答案是『洪都拉斯』（熊都拉屎）。」

好客之道

老潘外遊，住在朋友家中，朋友非常好客，招呼周到，連洗面毛巾、牙刷等日用品均準備妥當。

朋友說：「這是客人專用的洗面毛巾和牙刷，請隨便。」

朋友四歲的小女兒在旁插嘴：「每個客人來我們家，媽媽都讓他用這條毛巾和這個牙刷的。」

特異功能

媽媽帶八歲的小敏去看歌劇。

演至一幕，小敏悄悄問媽媽：「台上那個叔叔懂特異功能的嗎？他給人刺了一刀流這麼多血，還可以開口大聲唱歌？」

釋迦牟尼

表妹是幼稚園教師，她問小朋友可有偏食的壞習慣。一個小朋友舉手答道：「在家裡，爸爸媽媽叫我做『釋迦牟尼』。」

「何解？」

「因為我不愛吃餸菜，只吃白飯，他們說我是『淨飯王子』。」

「爸媽也叫我淨飯王子，」另一個小朋友插嘴：「因為我只吃餸菜，把白飯吃剩在碗裡！」

送殯記

上月帶七歲的女兒前去長輩的喪禮。我們去靈堂後面的厝房瞻仰先人遺容。先人遺體上面蓋了紅色刺繡壽被，旁邊的棺木則蓋上了紅布，花紋圖案和壽被差不多一樣，棺木與遺體並排而放。

女兒看見紅布蓋着棺材便問我那是甚麼，我告知是棺材，明天入殮用的。她輕聲問道：「兩個擺埋一齊（遺體和棺材並排），係咪叫做『好事成雙』呀？」

同步進行

我和兒子在外地旅遊，他把手機帶在身上，設定程式，便可知每日行了多少步。

是夜，他報告：「今天我共行了六千步。」

我答：「我整天和你同行，那就是說我也行了六千步。」

他說：「不對。你行了一萬二千步。」

「何解？」

「因為你腳短，我腳長，你行兩步才等於我行一步！」

白頭到老

小敏跟媽媽去參加朋友的婚禮。

主禮人在禮成後祝福一對新人白頭到老，永結同心。

小敏聽見祝頌語，低聲在媽媽耳畔說：「新郎和新娘不會白頭到老的。」

媽媽示意她別說不吉利的話。小敏即又低聲說：「你看，他們兩個都染了頭髮，沒有白髮的。」

非常肯定

颱風吹襲香港期間，天文台發出了八號烈風信號，學校停課一天。

幾個小學生在家百無聊賴，拿着手機 WhatsApp 聊天。

文傑：「你們看明天會否改掛十號風球？」

阿敦：「明天肯定是十號。」

俊彥：「為何你這樣肯定？」

阿敦：「明天一定是十號。因為明天是九月十號呀！」

催眠曲

美君唱催眠曲哄外孫睡覺。唱了半句鐘孩子仍未入睡，美君有點煩躁，問道：

「你還要外婆唱甚麼歌給你聽才肯乖乖睡覺呀？」

睡眼惺忪的孫子答道：「你不再唱我就入睡了。」

世風日下

老許退休多年，閒來無事便給兩個唸初小的外孫講故事。

他講完「孔融讓梨」的故事，便問兩個小朋友有何感想。

大孫兒：「孔融不要大的梨子，是因為那個梨子已經開始爛了。」

小孫女：「叫工人去超級市場買多幾個大梨子，就不用讓給人了。」

性別的疑惑

幼稚園女生問坐在旁邊的男生：

「你是異性還是我是異性？」

問得好

爺爺退休了，報名上耆英大學，正讀小學一年級的孫子好奇地問他：「爺爺，你還讀書啊？」

爺爺說：「我讀書有甚麼不好嗎？」

孫子說：「好是好，就是萬一學校通知開家長會，那你怎麼辦呢？」

我也是冠軍

阿浩喜愛生物科，成績却只屬中下。又到派測驗卷，他僅合格。

他拿着測驗卷，喃喃自語。「我都考過第一……。」老師微笑着問他：「是嗎？幾時的事？」

阿浩：「我還是條精蟲時拿過第一。」

冠軍本色

媽媽情緒非常低落的走到房裡大哭。

爸爸：怎麼了？

女兒：媽媽昨晚參加萬聖節化妝比賽得到了第一名。

爸爸：那很好呀！為甚麼要哭？

女兒：因為媽媽還沒化妝！

割蓆

老師為小學生講述古人管寧與華歆割蓆的故事，說明專注的重要。

一學生說道：「管寧也不專心，因為他若專心，便不會留意到華歆不專心了。」

法律與人情

老師帶初中學生去法庭旁聽審訊。

出來後，秀儀對老師說：「法官好嚴厲啊！剛才那法庭翻譯說：『犯人不可以大便！』」原來是「犯人不准答辯」。

妙問妙答

兩個小朋友參加喪禮，瞻仰完死者遺容，弟弟輕聲問哥哥：「叔公都死咗，點解仲戴住副眼鏡嘅？」

「可能佢想睇清楚啲邊個嚟送殯啦。」

推理

四歲的子聰對爸爸說：

「我很愛嫲嫲，我要和她結婚。」

「不可以呀，嫲嫲是我的媽媽。」

子聰大哭起來：「為甚麼不可以？你也和我媽媽結了婚啊！」

小報告

朋友剛解僱了外傭，問她何故。

「我同老公去旅行，留低六歲女兒給工人照顧。回來後，女兒投訴：『姐姐唔陪我玩，成日淨係睇電視。』我問她是甚麼節目，女兒答：『有個男人同女人冇着衫，一齊打交……』」

（二）

名人軼事

李小龍擺烏龍

舍妹叫周恩。小時候是李小龍迷，她知道媽媽曾與李小龍在粵語片《慈母淚》中合演，便託媽媽向小龍索取簽名相片，並奉上「粉絲」信，道明本意，而信內下款敬題：

「您的影迷周恩敬上」。

結果，這位大明星不但給她一張簽了名的相片，更特地在上款龍飛鳳舞，題了幾個大字：

「送給：恩敬弟　留念」。

一廂情願

一代文豪蕭伯納（Bernard Shaw）出名尖酸刻薄。月之某日，他在酒會碰到著名舞蹈家伊莎朵拉鄧肯（Isadora Duncan）。

鄧肯女士非常熱情趨前與蕭伯納搭訕。

「蕭伯納先生，久仰大名！閣下是大文豪，我則是萬人仰望的跳舞皇后。想想看，假若你和我合作生個孩子，他將擁有我的美貌和你的智慧，豈非人間美事？」

蕭伯納睥了一代舞后一眼，答道：「鄧肯女士，好是好，我只怕孩子若遺傳了我醜陋的面孔和閣下的腦袋，那豈非人間慘事？」

借花敬佛

話說戴安娜皇妃（Princess Diana）一次在肯盛頓皇宮招待名流鄧永鏘爵士夫婦。

吃罷午飯，大家正在喝咖啡，皇妃拿出一個名牌女裝手袋要送給爵士夫人。

坐在皇妃身畔的五歲小王子哈利，看到媽媽送禮，便問她道：

「媽咪，你是否常常把人家送你的禮物轉贈給別人？你還有多少個同樣的手袋呀？」

三個大人面面相覷，最後以大笑作下台階。此事在鄧爵士的著作中亦有記載。

祝禱詞

話說當年蔣經國擔任行政院長時，曾到屏東參觀，遇到幾位國中男生，活潑可愛，便送了些小禮物給他們。

數天後，這些學生聯名寫了謝函給他，詞誠意懇，他很高興。只是，他看畢信件，竟下了一道命令，要求教育部加強國文教育。

原來，幾個學生在謝函末的祝禱詞是「最後敬祝院長精神不死」。

知音難求

音樂大師何占豪接受報章訪問，憶述一九五〇年代在上海音樂界的日子。

「那時我們演奏的多是貝多芬、巴哈這些大師的作品。在古典音樂尚未普及的年代，觀眾常不懂欣賞。

「某夜，我們的音樂會才進行了二十分鐘，觀眾已開始陸續離場。不久，眼見台上奏樂的人比台下的人還要多，到最後，更只剩下一位觀眾。

「我便走上前跟這位知音人打招呼：『你喜歡我們的音樂嗎？』

「她搖搖頭，滿臉倦容地回答：『我只是等你們完場，我要負責把你們坐的椅子搬回貯物室。』」

別問我是誰

前蘇共總書記戈爾巴喬夫（Mikhail Gorbachev）喜愛微服出巡，某日他來到人民街市豬肉檔跟伙計聊天。

戈：生意好嗎？

伙計：本來還可以的，你來了我就不能賣東西。

戈：哦？豬肉賣多少錢一斤？

伙計：昨天賣三十元一斤，今天五元一斤。

戈：給我切兩斤吧。

伙計：不成。因你來巡視，全街市的刀都收起來了。

戈：那你整塊賣給我吧。

伙計：也不成。

戈：為甚麼？

伙計：因為本來是三十元一斤，現在五元一斤賣給你，我回去交代不了。

戈：交代甚麼？

伙計：我其實是秘密警察部的。

戈：那叫你隊長來。

伙計：他不能來。

戈：為甚麼？

伙計：他在對面檔口賣魚。

有乜咁**好笑**?!

等一會兒

政壇笑聞：話說蔣經國正在小解，門外有人催促：「快些啊！要提名了！」

蔣公還未屙出，便說：「你等一會。」

那人趕回外面會場，向台上的人說道：「有提名了，『李登輝』。」

隨便

李登輝上場後，執政多年，有人問他日後屬意由誰繼任。他就說，我這些年來把台灣搞得還不錯，將來的接班人嘛，就隨便都可以了。

結果，就「水扁」都可以了。

以訛傳訛

食經記載鄭成功一六六一年在台灣與荷蘭人對峙之際，因糧食補給不及，情勢危急。幸有當地漁民獻上銀白色的魚來勞軍。

晚餐時，鄭成功近身侍衛指着盤中的魚，說道：「這就是將軍您今天下午給命名的『虱目魚』。」

鄭成功問：「我命名的？有這回事？」

侍衛答道：「他們奉上剛捕撈的這些魚時，您就指着說了『虱目魚』啊。」

鄭成功哈哈大笑：「我是用泉州話問他們：『甚麼魚』啊？」

神話

定居台灣的齊邦媛教授在自傳中記述，早年在四川參加佈道會時，聽見用江浙國語的牧師帶頭唱讚美詩。

詩中副歌云：「求主將我洗，使我拔草呼吸。」齊教授以為歌詞有「心靈隨自然脈動而舒暢呼吸」之意。

多年後，她有機會看到歌詞，才知道是「白超乎雪」，喻洗禮使人潔淨之意。

皇家風範

英女皇伊利莎伯二世（Queen Elizabeth II）剛看完一場異常沉悶的足球賽。

侍從問她：「女皇陛下，剛才的賽事，您認為誰的表現最出色？」

女皇不假思索，答道：「銀樂隊！」

過來人

前美國總統小布殊（George W. Bush）新婚後，每天都回家午飯。

岳丈大人知道了，便說：「兩小口恩恩愛愛，好得很，就像我和你岳母當年一樣。記得飯後打回同一條領帶才上班啊！」

方便之至

前美國總統老布殊（George H. W. Bush）的夫人巴巴拉（Barbara Bush）出名牙尖嘴利，直腸直肚。

老總統八十五歲生日，要以跳降落傘來慶祝，降落地點選在離聖安妮教堂不遠處的一塊草坪。

等待老總統降落的一刻，巴巴拉說：「萬一他失手，倒也方便，可以直接送他去聖安妮教堂他預留的永久墓地。」

唯命是從

天堂門口排了兩條隊，都是老年男人。天使宣布：

「怕老婆的男士請在左手面排隊，不怕老婆的男士請在右手面排隊。」

不消片刻，左面的人龍已打晒蛇餅。右面的位置卻只得一個男人。

天使好奇地問他：「你憑甚麼敢站在這邊？」

男人瑟瑟縮縮，支吾以對：「我也不大清楚，是太太吩咐我站在這邊的。」

天使核對了這人的身份，才知他叫老馬可斯（Ferdinand Marcos Sr.），來自菲律賓。

成名的代價

老牌影星保羅紐曼（Paul Newman）接受記者訪問時表示，自己早已決定不再為影迷簽名了。

記者問他是甚麼時候決定的。

他答：「那次我正站在尿兜前……」

人急智生

名嘴陳志雲以急才見稱，他在大學演話劇《魯迅》，飾演大夫，為魯迅病重的父親治病。

負責道具的人員找了張爛茸茸的紙來作藥單，偏偏扮演魯迅的演員又臨時爆肚，對着演大夫的陳志雲喝道：「乜點解淨得半張藥單㗎？」

志雲也爆肚回應：「你爸爸都得番半條人命咯，半張藥單都夠啦！」

家庭計劃

美國首位女國務卿奧爾布賴特（Madeleine Albright）只有一弟一妹。

她在自傳中談及家中情況：「爸爸那時是捷克外交官，有住房分配，房子都很大，有幾個睡房。妹妹和弟弟出生後不久，大環境轉變了，我們獲分配到另一所很小的房子，一家五口擠在一個睡房裡，之後便再沒有其他兄弟姊妹了。」

心水清的小朋友

前英國首相邱吉爾（Winston Churchill）的母親是社交名媛，風流韻事早已街知巷聞。

當年有人問小邱吉爾知否母親有外遇，他答：「今早她外出時左腳的絲襪有個抽絲小窟窿，下午回家，有小窟窿的那隻絲襪穿了在右腳。」

老而彌堅

美國清談節目主持人艾倫狄珍妮（Ellen DeGeneres）告訴觀眾：

「我祖母六十歲起每天走五哩路，她今年九十七歲，我們都不知她走到哪裡去了！」

戰術

曼聯足球隊世紀巨星佐治貝斯（George Best）號稱「足球魔術師」，球技出神入化，有他落場，幾乎必有進帳。

曾任領隊兼教練的畢士比（Matt Busby）憶述當年：

「我們八時操練，先講半小時戰術。我叫佐治八時半才來……他真的毋須這麼早來……其實都沒有甚麼戰術可言，我只是重複又重複一句話：『大家一定要想法子盡可能把球傳給佐治。』」

蘭德

京劇大師梅蘭芳應邀觀賞某劇團演戲。是次演出非常差勁。

散場後有人問梅老闆，覺得一眾演員的表現如何。

只見大師從容不迫，蘭花手一揮，微笑說道：「難得！難得！忒是難得！」

成功指數

威爾斯老牌流行歌星湯鍾士（Tom Jones）跟記者說：

「人們從不談論我的歌藝，只會在每場音樂會後，計算歌迷總共扔了多少條內褲到台上……」

元首對話

列根總統（Ronald Reagan）在電視上演講，說了個笑話：

我跟俄國領導人說：「任何一個美國公民，都可以衝進我的辦公室向我咆哮：『我不滿意你管治美國的手法！』也不會有任何後果。」

俄國領導人說：「我們也一樣，任何一個俄國公民，都可以衝進我的辦公室向我咆哮：『我不滿意列根總統管治美國的手法！』也不會有任何後果。」

先發制人

美國老牌歌星法蘭仙納杜拉（Frank Sinatra）結過四次婚，又曾與無數女性有多段情緣。

記者笑問他可會擔心身後有人因爭奪他的遺產而大打出手。

他答道：「遺囑早已訂明：『凡對此遺囑所列明之遺產分配方法有異議者，即予除名⋯⋯』。」

（三）

姓甚名誰

遲來的顧問

昨天約了內地環保顧問公司的代表來開會。

代表說：「我們要稍等，十點鐘還沒到。」

十點過了五分鐘，他仍不願開會。大家正在納悶，忽有一個男人冒失地走進來，一臉尷尬地跟我們打招呼：「對不起，路上堵車，我來晚了……」

他邊說邊從口袋掏出名片來給我們。

原來他是環保公司的首席顧問，名叫「史典宗」（「十點鐘」）。

辦公室的密友

表哥任職跨國公司，負責處理敏感商業信息。

一次我跟他聊天，問他的單位共有多少同事。

他答道：「三個伙伴：Mimi、Jimmy 和 Jeremy。」

他繼續說：「就是『秘密』、『機密』和『絕密』，三類文件統統歸我管理。」

（三）姓甚名誰

人如其名

若干年前，我跟着洋人上司去某中資銀行開會，為他翻譯。

抵達銀行，一位職員接待我們。她說：「我姓賈，是楊經理差我來的，我負責接待你們。等一下開會也會替楊經理翻譯。」

楊經理跟我上司寒暄了幾句，賈小姐開始翻譯，我這才留意到她其實不太會說英文。楊經理再入正題，說到一些較複雜的事務。賈小姐掙扎了幾下，索性放棄，她對我說：「我不會翻譯，可否請你幫幫忙？」

原來是個「賈」翻譯！

Sam Lam

姨甥女是英文科老師，初到中學任教。第一天上英文口語課，她叫兩個學生以英語對話，自我介紹。這才發現學生的英語發音令她歎為觀止。

甲：My lam is Sam. Sam Lam.

乙：Hello, Sam Lam! My lam is also Sam. Sam Lam.

甲：Ah, so you are also Sam Lam.

乙：Yes, I am Sam Lam. We have the sam lam.

甲：Yes, we have the sam lam.

姨甥女足足花了廿分鐘，才讓兩個同名 Sam Lam 的同學，說清楚他們的名字相同（same name）。

（三）姓甚名誰

超級影迷

朋友的外傭在香港工作多年，甚喜愛看港產電影，對香港的影視明星也十分熟悉。

某天，我們說起多年前的一齣港產片，大家都想不起誰是男主角，正在議論紛紛之際，外傭說她一時也想不起那男主角的名字，卻記得「他的老婆叫 Julie Chan。」

幾個人都丈八金剛摸不着頭腦。還是朋友那個唸初中的女兒反應最快：「不就是劉德華嗎？他老婆叫『朱麗蒨』，用普通話唸就是 Julie Chan 了！」

羅氏兄弟

朋友姓羅，共四姊弟，都在外國出生，小學階段隨父母移居香港，周遭都是說粵方言的人。

四個小孩在學期間，經常因姓名的諧音而鬧笑話。原來他們四人的中文名字分別是友蘭、友川、友大和友秀。

同病相憐

兩個表兄弟聊天，表哥說起最討厭去政府機關和銀行等地方辦手續，因為擴音器老是不停播出叫人的提示：「XXX請到 X 號窗繳費/ 辦理……」

表弟說他深有同感。

原來老表二人，表哥名叫「陸浩昌」，表弟叫「伍灝鏘」。

你叫乜名？

中文的「費」字，如果是姓氏，粵音讀「秘」，漢語拼音讀「肺」。

警察查身份證：你叫咩名？

路人：費密（秘密）。

警察：差人做嘢呀，咪玩啦！

費密：都話秘密咯！

警察：仲玩？攞身份證嚟睇！

費密把身份證交給警察。

警察：哦！原來係費密（廢物）！

費密：係費密（秘密）！

警察：廢物就廢物啦！有咩咁秘密啫！

一門雙傑

學生入學登記冊上有以下資料：

父親姓名：李傑。

一甲班的兒子姓名：李仲傑。

長幼有序

玉剛約了幾個同學來家中一起溫習。

他們走後，母親問玉剛：「你們同學之間的稱謂甚是有趣，又是阿叔，又是阿伯的，還有細路和老翁，到底他們叫甚麼名字？」

「阿叔叫『張叔和』，阿伯叫『陳伯滔』，細路年紀最輕，叫『路志安』，老翁最年長，叫『翁至善』。」

最怕改壞名

報載內地某省一個飛機場近年發生多宗航空事故，有人歸咎於機場名字不吉利，因其名字為「義序」（易墜）。

另有一省份某小學校舍在一次地震中倒塌，其內師生無一倖免，事後有人認為學校名字不吉利，因學校名為「全完小學」。

名副其實

中學會考 DSE 中文科向有「死亡之卷」之稱，阿炎和班上三位同學卻是中文痴，成績素來優異。

剛派測驗卷，他們四人又取得九十幾分，同學們說他們四個是真正炎黃子孫──張志「炎」、「黃」國棟、李「子」傑、「孫」永濤。

出殯

村裡有人死了，出殯當日，喪家老幼邊哭邊喊叫：「爽呀！爽呀！」

路人好奇問道：「你家怎麼啦？」

家人邊哭邊答道：「爽死了！爽死了！」

路人還是不明：「到底是誰過世了？」

家人答道：「我家三少爺，他叫吳爽。」

名不副實

鄉村田間停了兩架穀物收割機，機身一邊貼上了「待修」的條子。機身另一邊則是機器的牌子：「旭得」。

情有可原

鄰居姓李，剛從北京來香港定居，共有四個孩子。

我們只知那對孿生子和女兒叫祖煌、祖焜和慶熒，最小的那個比較害羞，只自稱 Joshua。

上星期兒子告訴我們，班上剛來了個新同學，就是 Joshua，原來他的中文名字叫李祖燮。

實至名「鮭」

報載台中某壽司店為推廣業務，邀請食客凡是姓名有「鮭」字的，均可免費任食鮭魚壽司。

為食少年貪圖口福，即時往人事登記部門改名為「陳鮭魚」。一連吃了三天鮭魚壽司，他已吃不消，於是跑去想把名字改回原來的「陳勝」。

不料職員告知，政府規定每個居民一生只可改名兩次，而少年出生時曾有另一名字，後改為「陳勝」，故終生不得再改。少年乃踏上不「鮭」之路。

（三）姓甚名誰

白費心機

內地趣聞一則：一姓「雞」男子，妻子誕下女兒，他以自己的姓氏太搞笑，想以太太的姓氏為女兒改名。

太太堅持女兒必須從父姓。產科醫生提議不如初生嬰兒取名「慧」，「雞慧」乃「機會」的諧音。

廣東省網友留言：「嘥氣啦，姓雞就姓雞吧，『雞慧』是『雞胃』，和豬肺、鴨腳、蛇膽同類，改名也是白肺心雞！」

不虞有詐之加餸

小兒子上班前對我說：「今晚你預備多些餸菜，我有朋友來吃飯。我帶隻半雞回來。」

晚飯時間，只見他兩手空空，帶着三個朋友來。

「這三位是奚氏兄弟，John、Joe 和 Jake……」

搵仔記

阿權和太太跟團去澳洲旅行，甫抵墨爾本機場，等候取回行李之際，忽見一貌似鱷魚先生的西人在大喊：「仔！」「仔！」「仔！」

他們正在奇怪，只見隨團出發的香港領隊上前和西人打招呼，原來西人說的是「Jade！」，翡翠旅行團是也。

（三）姓甚名誰

（四）耆英萬歲

巴閉的老太太

朋友郭先生為人豪爽，交遊廣闊，家中經常高朋滿座，好不熱鬧。這天，好客的郭先生請了幾位新知舊雨到家晚飯，我也叨陪末席。

甫坐下，熱情的主人便介紹客人互相認識。他首先向大家介紹席間一位滿頭銀髮，炯目有神，笑容可掬的老太太：

「嗱，呢位姐姐好巴閉㗎。無論甚麼部長、省長、總督、處長，一律要聽她的話。她未講完，大家都不可以說話⋯⋯」

客人面面相覷，心想：「老太太何許人也？有咁厲害？」

郭先生這才哈哈大笑，向大家解釋道：「亞珠姐姐退休前是翻譯官。部長、省長、總督、處長接見外賓，都要找她傳譯，所以一定要聽她的話呀！」

嚮導先生

我和幾位舊同學自組旅行團,一起到北歐某小鎮遊覽。我們按當地的旅遊資料,找到一位年約七十歲的長者當嚮導。原來他是一位退休人士,閒來義務當導遊,幫助別人,自己也開心。

這天,遊覽完畢,大家知道老伯伯堅決不收小費,便說不如請他喝杯咖啡,聊表心意。他也欣然接受。

我們喝罷咖啡,老伯伯說他不趕時間,着我們先走,便和我們道別。我們站在咖啡館門外,正在七嘴八舌討論之後的行程,一位店員前來對我們說道:

「老闆說,今天竟然有外地旅客在他自己的店舖請他喝咖啡,真是把他樂壞了!」

今晚煲乜湯?

張伯坐在廳中,大聲叫問在廚房做飯的老伴:「今晚煲乜湯?」問了幾聲,張嬸都沒答他,張伯便氣沖沖的走進廚房。

「喂!我問咗你三次,今晚煲乜湯,你都唔應我,你係咪耳聾呀?」

張嬸沒好氣地說:「花生木瓜雞腳湯。我應咗你三次喇!」

真正的作用

丈夫是個胖子，遵醫囑咐定時量體重。

他站在浴室磅上，深呼吸，跟着盡力把大肚腩縮起來。

我在旁笑他：「縮極都冇用啦，你要節食至得。」

他沒好氣答道：「我要縮到盡個肚腩，先至睇到個磅上的數字呀。」

戒煙

趙伯伯今年九十歲，身體很好，只是抽煙較多，間有咳嗽。

某日，小孫子把一些醫學雜誌給他看，要他知道吸煙的害處，並勸他早日戒煙。

三天後，趙伯伯對孫子說：「嘩！不得了，原來吸煙有那麼多害處，我還是戒掉算了。」

孫子答道：「你決定戒煙，那我們大家都安心了。」

趙伯伯說：「我不是要戒煙，我是要戒看醫學雜誌啊！」

沒有問題

四五個老同學茶敍。都是銀髮一族，甫坐下便討論健康問題：血壓高、血糖高、三酸甘油酯高。

大家矛頭指向又胖又饞嘴的阿歡，問她可有「三高」的問題。

阿歡從容不迫，笑着答道：「當然沒有『三高』了——我從來沒有去過檢查身體！」

老人金

志生問爺爺：「老人金為甚麼叫老人金？」

爺爺答：「那是因為很多長者都是 "no income" 和 "low income" 的啊！」

回到起點

張伯：「我今年八十五歲，周身病痛。」

黃伯：「我八十八歲，自覺像個嬰兒。」

張伯：「咁勁？」

黃伯：「我冇晒牙，又冇頭髮，一天瀨濕幾條褲子……」

好學不倦

姨婆退休後自修法文，孜孜不倦讀了四年。我問她如何評核自己的程度。

她說：「閱讀理解，我是小四程度，寫作能力是小二，會話是幼兒班，聆聽能力和晚年的貝多芬差不多。」

大笨蛋

老公：老婆老婆，我剛去買了十五塊錢水果。

老婆：是嗎？

老公：我給了老闆一百塊錢，那笨蛋找了我九十五塊，哈哈……你說他笨不笨？我當時撒腿就跑啊。

老婆：水果呢？

老公：……忘拿了……

下午茶

老太婆想喫下午茶，老伴問她要吃甚麼，他下樓去買。

「不如來個麥當勞芝士漢堡包加熱奶茶，還要炸薯條。你拿張紙記下吧，免得忘記。」

「不用了，我記得的。」

老公公去了半天才回來。老伴問道：「你怎麼了？去了那麼久？」

老公公：「都買齊了，你來吃吧。」

老太婆打開外賣膠袋，只見到一碗魚蛋粉，嚷道：「你怎麼啦？都叫你拿張紙記下來的！」

老公公：「有甚麼問題嗎？」

「怎麼沒有『走蔥』？又沒有加辣椒油呀？不都叫你記下來嗎？」

祖孫對話

嫲嫲 WhatsApp：乖孫你慘了啦，趕快去躲起來，你的老師因為你逃學，現在來我們家找你了！

乖孫回傳：要趕快躲起來的是你！因為今天打電話向老師請假，說你過世了，所以今天不上學！

說時遲那時快，嫲嫲已經給老師開了門。老師很驚訝的說：「您老……？」

嫲嫲不慌不忙的跟老師說：「今天頭七，我回來看看，不好意思，讓老師您受驚了！」

老師口吐白沫，頓時暈倒。

老夫老妻

公司裡只有陳經理和張主任已婚，兩人不時交流婚後的生活體驗。

陳經理說：「我老婆可能到了更年期了，特別健忘，經常是提着菜刀還滿屋子找菜刀，有的時候我真受不了她。」

張主任：「你的處境比我好多了，我老婆經常是提着菜刀滿屋子找我！」

焦點不同

妻：你去市場別買太多東西，太重了。

夫：難得你這麼節儉，又體貼我！

妻：你拿的是我新買的購物袋啊！

接線生

阿聰剛下班回家，祖母便抱怨：「今天不知是誰惡作劇，一連打了七八次電話來找姓李的。我們這兒哪有姓李的人！？」

「是嗎？」

「那人說要找李文周。」

「哎吔！那是找我的呀！」

「找你？」

「我英文名叫 Raymond Chow 呀！」

耳根清淨

我今天跟一個八十歲的老頭一起打高爾夫球，他全程都在跟我分享人生智慧，真是我遇過最懂得自由自在做自己的人。

打完球之後，他跟我說：「等一下在停車場不要跟我講話。待會我老婆會來接我，她以為我耳朵五年前就已經聾了。」

信心十足

小美跟九十九歲的曾祖父拜壽，衝口而出說道：「明年不知還有沒有機會再來見你？……」

曾祖父安慰她說：「你年紀輕輕，怎麼這樣悲觀啊？明年我一定會再見到你的！」

祖孫三代

阿漢六十過外才初為人父，帶着小兒子上街，常遭人問：
「呢個係咪你個孫呀？」

阿漢不服老，每次例必回答：「哦，唔係，佢係我個孫嘅
爸爸。」問者為之側目，聞者忍俊不禁。

安身之所

我和丈夫想買樓花，預備先看看示範單位。

我問老爺奶奶想不想一起去。奶奶笑着回答：

「我哋都搵緊樓，不過係睇緊墓地同骨灰龕！」

有口難言

外公平時很愛和孫兒們一起玩，但他堅拒和他們玩「有口
難言」這個猜啞謎的遊戲。

他說：「我怕玩玩吓心臟病發你哋都分唔出！」

捉狹鬼

小學同學聚會，與五十年末見的亞佳相逢。

這個當年綽號小頑童的老同學，一見我便熱情地過來招呼：「嗨！你真係唔似六十歲喎！」

我正在沾沾自喜，自以為保養得宜，駐顏有術，豈料他接着說：「你似七十幾歲啊！」跟着便一溜煙跑了開去！

（五）

宗教與哲學

奇妙恩典

兩個神學院的學生在爭論人與神的關係。

甲：「我相信一切事物都因神而發生。」

乙：「我認為未必。人力也可促成很多事情發生的。」

甲：「我信神不分晝夜都在照顧我們。我睡着，我醒來，都是因為神的恩典。」

乙：「你醒來是因為有鬧鐘響把你叫醒。」

甲：「我不同意，你試試把鬧鐘放在一個死人耳畔，看看能不能把他叫醒？」

科學與神學

小學老師為三年級學生上自然課。他問有誰知道大熊貓的產地。

坐在最後一排的子峰高舉小手，老師請他回答。

「中國四川。」子峰答道。

這時，坐在最前排的暉暉仍舉着手，老師便問她可有不同答案。

「不對呀，」暉暉說道：「聖經告訴我們，上帝用洪水淹沒人類之前，曾吩咐挪亞造方舟逃難，祂叫挪亞把每種動物一雌一雄帶上方舟逃生。所以熊貓原產地是以色列。」

有啲咁好笑?!

伊甸園的食材

牧師和兒子討論聖經的內容，說到創世記與人類的始祖亞當和夏娃的故事。

兒子問牧師父親，亞當和夏娃是甚麼國籍的人，牧師說這個問題不易回答，只能說他們都是神的兒女，就像你和我一樣。

牧師兒子想了一想，說道：「但我可斷言他們一定不是中國人。」

「何以見得？」牧師好奇地問。

「若亞當夏娃是中國人，必然先把蛇吃掉，即使要吃禁果，也是先吃完蛇羹，才吃飯後果，或是弄個拔絲蘋果作甜點。蛇不會是整件事的主謀而是主菜呀！」

高深莫測

世侄投考某大學哲學系，須按題作文一篇，字數不限。

試題只有一個字：「Why?」

世侄的文章只有兩個字：「Why not?」

結果哲學系錄取了他。

真正的教義

婉儀在佛教組織工作，機構即將舉辦慈善活動，邀請了不少達官貴人出席。

婉儀要負責編排開幕禮的台上嘉賓座位表。她戰戰兢兢，深恐編排不當，會得罪出席者。

坐在婉儀旁邊的弟弟笑說：「佛說『眾生平等』，坐哪裡又有甚麼關係呢？」

經理的智慧

辦公室兩女職員吵架，經理忍無可忍：「你們吵甚麼？」

兩女一聽，又爭先恐後各執一詞。

「夠了！」經理大吼一聲：「醜的先講！」

辦公室頓時鴉雀無聲。

準教徒

神父向首次來教堂的婦人解釋「領聖體」的意義，就是讓主留在她裡面。

婦人面有難色：「我不是那麼隨便的女人！」

慢工出細貨

甲：你做這件衣服足足花了一星期才完成，還做成這個樣子，真是！上帝造宇宙也不過用了六天時間！

乙：可不是嘛！你看世界多麼烏煙瘴氣！

歷史時刻

歷史課堂上，小學生問老師：

「發明時鐘那一刻是幾點鐘？」

神通廣大

宗教聯席大會剛結束，坐在我旁邊的主教拍拍我的腿說：「這位弟兄，今天可以走路了，這是天父的旨意。」我的腿沒事啊，真是莫名其妙。

牧師過來，又拍拍我的腿：「神的旨意要聽從，你今天走路好了。」也是莫名其妙。

接下來，佛教的法師拍了拍我的腿：「阿彌陀佛，我佛慈悲，今天這兩條腿可以動了。」我有點沉不住氣了，我又不是癱了。

伊斯蘭教的阿訇微笑着過來，又拍拍我的腿：「奉真主之名，就讓這兩條腿活動起來吧！」我心裡嘀咕着，這些宗教領袖怎麼都咒詛我了？

走到會場外面，才發現我的車子被人偷了。

現在我對任何宗教都深信不疑。

單程車票

八歲的寶兒問爺爺：「"one-way ticket" 中文怎麼說？」

退休前教授哲學的爺爺想了一下，微笑着答她：「那不就是『人生』了嗎？」

色即是空

素菜館標榜「虔製齋滷味」，又是齋鮑魚、齋叉燒、齋雞、齋鴨腎，可謂齋口唔齋心。

最近更推出新菜式，仿製粵菜的蛇羹，用的食材固然是豆品與菇類，但菜式名稱實在令人歎為觀止：「無蛇羹」！

果真是色即是空，空即是色，有蛇即無蛇，信耶？！

（六）

家家有本
難唸的經

虎媽

張太的女兒品學兼優，剛升上中三便獲選為學生會理事。

就職典禮當天，家長也獲邀出席觀禮。張太全程都非常投入。典禮結束，鄰座的另一位家長李太，以欽羨的目光看着她，並驚歎地問她：「張太，平常碰見你總覺得你氣定神閒，輕輕鬆鬆的，今天才知你是個『虎媽』，緊貼女兒的學業，事事都瞭如指掌！」

「你客氣！何以見得我是『虎媽』？」

「你好厲害！剛才行禮時，我見你連校歌和學生會歌都唱得好熟練，連歌詞也背得出！佩服佩服！」

「哦，我是舊生，以前還是學生會長。」張太笑着回答。

難言之隱

鄰居張嬸的兒子唸高中，非常勤奮，每逢考試測驗，必定不眠不休，廢寢忘餐，溫習備課，成績十分優異。

某次正值考試期間，張嬸見兒子溫習到金睛火眼，一副蓬頭垢面的樣子，就囑他去洗頭沐浴，休息一下，不料兒子堅決不肯。張嬸不明所以。

少年人靦覥地說道：「我怕一洗頭會連溫習好的書都洗掉，乜都唔記得晒呀！」

代溝

鄰居馮師奶閒來喜到我家串門子。是日,她氣冲冲拿着孫兒的手冊過來,嚷着要投訴學校。

原來,她的小孫子前兩天腸胃不適,沒有上學。之後,他返回幼稚園,老師特別安排了較清淡、易消化的食物給他,包括清湯煮麵線和煲得較「爛」的米飯,並在手冊中向家長交代此事。

我把手冊拿來看看,才知道馮師奶為何大發雷霆。原來年輕的老師不懂俚語,在小朋友的手冊中寫道:「該生今日在校食軟飯 *,明天會安排他食白麵 **。」

註:「食軟飯」指男人不務正業,靠女人養活。
　　「食白麵」是吸毒的俗稱,亦叫食白粉(海洛英)。

職業

陸先生帶着太太和兒子外遊。到達目的地，要填寫入境表格，陸先生才發現自己忘了帶老花眼鏡，便叫太太代他填表。

陸太在入境旅客資料「職業」一欄，替陸先生填了「園丁」。

在旁邊的兒子瞥見，便問她：「爸爸不是做生意的嗎？」

陸太沒好氣地答道：「你爸爸在外面拈花惹草，所以是個園丁。」

兒子追問陸先生：「你不是說過，媽媽因為喜歡你做生意才和你結婚的嗎？」

陸先生四兩撥千斤，答道：「不錯，你媽最愛『出口商（傷）人』。」

我的家庭

四甲班的老師出了題目「我的家庭」，要同學簡介家庭狀況。

一個學生寫道：「我的家人個個都愛動物。爺爺最愛賭馬，媽媽愛打麻雀，她說爸爸愛辦公室的狐狸精，哥哥最愛蛇王，我吃得最多的是死貓……」

（六）家家有本難唸的經

初歸新抱

偉明剛下班回家，新婚妻子便大發嬌嗔：

「今天有個老頭兒惡作劇，打了幾次電話來，劈頭便叫我『四嫂』。我說他打錯了，掛了線他又再打來。真討厭！」

「那是我爸爸啊！我是家中的老四哩！」

音樂會

唸中一的志浩整天沉迷玩手機，其他甚麼都不感興趣。

周末晚上，媽媽帶志浩和姊姊同往聽音樂。回家後，母女倆興高采烈地討論。姊姊覺得男高音獨唱的節目最精采。

媽媽問志浩：「你最喜歡音樂會的哪個環節？」

志浩雙手緊握手機，頭也不抬回答她：「兩次中場休息。」

虎不堪言

余小虎在校的成績不俗，虎媽要求他精益求精，每天下課後坐在書桌旁，自學中英文生字詞各二十個。

某日，小虎覺得很累，但虎媽仍不許他休息。

小虎乃向虎媽求情：

「我已坐了三個鐘，滿頭都是生字，再坐下去，我的屁股也生痔了……」

有道理

媽媽說：「你看你的房間跟豬窩一樣亂，還不趕快打掃？」

兒子說：「看過豬會打掃的嗎？都是養豬的打掃。」

人窮志不短

兒子跟父親說：「爸爸，我校成立樂隊，我想去參加，樂器要自備。」

父親盯了兒子半天，遞過來一根筷子：「孩子，我們家窮，你能不能爭取去當指揮？」

小孩不笨

三歲小女孩不聽話，媽媽生氣說：「再不聽話就把你扔出去，再撿一個回來。」

小女孩沉默一會兒後，低聲說：「你撿回來的小孩也是不會聽話的，因為，他也是他媽媽不要的。」

老虎的婚禮

老虎大哥結婚，婚禮在森林舉行。不少動物都來觀禮，但都不敢走得太近牠，只有一隻胖大貓施施然走過來和虎大哥握手，向牠道賀。

虎大哥正驚訝於這位賓客的膽量，「你是誰？竟敢走近我身旁？好大的膽子！」胖大貓苦笑道：「我婚前也是隻老虎啊！」

獨一無二

婉華去上親子關係課程。

導師說，想讓孩子學懂自尊自重，父母必須先讓孩子感到他是獨一無二的。

婉華面有難色：「但我的孩子是孿生子啊！」

招呼周到

父：幫我買汽水。

子：可樂還是雪碧？

父：可樂。

子：罐裝還是瓶裝？

父：瓶裝。

子：普通的還是低糖？

父：普通。

子：五百毫升還是一公升裝？

父：你真煩！水可以啦！

子：礦泉水還是蒸餾水？

父：礦泉。

子：冰的？還是不冰的？

父：你再囉嗦看我拿掃帚打你！

子：塑膠的還是竹製的？

父惱怒：你這畜生！

子：像豬還是牛？

父氣喘：真給你氣死！我要吐血了！

子：要拿垃圾桶還是扶你到廁所？

父：我死了算了！

子：你要土葬還是火葬？

父：激死了，生舊叉燒好過生你！

子：是太興的還是美心的？

新手

男人推着嬰兒車在馬路上，嬰兒哭鬧不止，男人戰戰兢兢，哄他說道：「小明，唔使驚，媽媽快來了。」

一個長者行過，探頭對嬰兒說：「嘩！小明長得好可愛哪！」

男人滿臉通紅，說道：「不，他叫子華，我是小明⋯⋯」

選擇

新婚夫婦的對話：

妻：你明天早餐想吃甚麼？

夫：我還以為你不會下廚的。我想吃西多士、煙肉煎蛋，再加點通心粉或白粥就很好了。

妻：⋯⋯我是問你想吃餅乾還是麵包。

同樣原因

緬甸政變期間，軍隊鎮壓人民，工廠停工，工人爭相上街示威，反抗軍政府。

工人甲問工人乙為何不參加遊行示威，工人乙答：「我不能去，因為我家有四個孩子。」

工人甲說：「我也但願自己可以學你一樣，躲起來不出去，但我不行，因為我家也有四個孩子。」

以正視聽

老劉對兒子說：「我屬虎，所以你媽是老虎姆。」

在旁的劉太說：「不對。我是武松。」

誰比誰更慘？

兩個孿生兄弟在討論：

「俗語說：『執輸行頭，慘過敗家。』你和我誰慘些？」

各持己見

母：你晚晚都咁夜瞓，對身體唔好。

子：你晚晚都咁早瞓，辜負咗愛迪生發明電燈膽嘅一番心血！

「不知所」

亞培住在山邊的小屋，他把小屋命名為「不知所」，自稱所長，問何以故，他答：我來自破碎家庭，媽媽搞婚外情，經常「不知所終」，爸爸是個沒有主意的人，遇事永遠「不知所措」，兩個兄弟，一個十二歲已是黑社會份子，另一個則長期吸毒，兩個都「不知所謂」。

少年十五二十時

少年人：我父母結婚時，兩個都還是大孩子，爸爸十八歲，媽媽十六歲，我三歲。

七

南腔北調

漢語拼音的迷思

我的美國朋友亞湯常因不諳中國話又不懂漢語拼音，而深感苦惱。最近他公司來了兩位新主管，亞湯便幾乎鬧了笑話。

原來，新主管一男一女，男的姓佘，女的姓何。亞湯弄了半天才搞清楚，為何人人都叫佘先生作 Mr. She（「佘」的漢語拼音是 "She"），而姓何的女主管則被稱為 Miss He（「何」的漢語拼音是 "He"）。

有同事跟亞湯說中國歷史，告知他史上「四大寇」之一的尤烈，其名字原本遭音譯為 "You Lie"（你撒謊），實屬慘情，幸而他在港的後人多番奔走，才把他的英文名字「正名」為 "Yau Lit"。

而最令亞湯覺得不可思議的漢語拼音詞，就是 "women"（我們）──「我們」就是「女人」，「女人」就是「我們」！

雞同鴨講

劉老伯十分健談，人又熱情，在街上遇到多年不見的朋友小張，連忙趨前問好。

他聽聞小張剛從墨西哥回國。劉老伯也曾到過墨國，便與小張侃侃而談，說到墨西哥天氣炎熱，常常要戴闊邊大草帽；又因不懂西班牙語，經常「雞同鴨講」。他見小張的表情好像有點迷惘，便追問他「有冇見到好多仙人掌呀？飲過仙人掌釀製的酒未呀？」

小張終於按捺不住，答道：「你說到哪裡去了？我沒有去墨西哥，我是去了莫斯科啊！」

如此翻譯

老李是土生土長的香港人，不諳普通話，他頭一次上北京，便鬧了些笑話。

甫進餐廳，服務員問他要不要飲料。他聽不懂，便問同行的助手。助手給他翻譯：「佢問你要唔要飲尿。」

老李心想：真是可怒也，竟敢拿老子來開玩笑。但他沒發作，只叫助手點了普洱茶。

只見助手跟服務員說了兩句，服務員竟大叫道：「你們怎麼可以這樣欺負人！」就走開了。

原來老李的助手的普通話也是普普通通，他對服務員表示老李要普洱茶，竟說成了：「他要抱你。」

食色性也

張伯以前常去內地做生意，由於他的普通話說得不標準，往往出現溝通困難。他返港後常把這些趣事告訴我們。

一次，張伯到一鄉鎮，找了家麵店想醫肚子，却因言語不通，引起誤會，還遭女服務員罵他下流，尷尬不已。尚幸鄰座剛巧有個香港客，替他傳話解釋，才免了更大的誤會。

原來張伯把「麵條」說成「棉條」，變成了衛生巾！他想來點芥末佐餐，還說明芥末的顏色。豈料，聽在服務員的耳裡，這個香港男顧客竟要求她提供「黃色的節目」，有傷風化，險些兒要勞動公安侍候他！

失踪人口

我和丈夫參加去黑龍江的旅行團。剛抵埗，一位團友便焦急地向當地的陪同人員求救：

「我的孩子不見了，可不可以幫我找回來？」

「你的孩子多大了？」

「三十八……」

「三十八歲的孩子？……」

「我的孩子是要來打波的……」

另一位團友從後面走過來，問道：「這是你的球鞋嗎？三十八碼，掉在地上了。」

美麗的誤會

兩兄弟同坐渡海小輪，哥哥瞥見鄰座美少女，乃目不轉睛對其行注目禮。

少女不悅，對他說了一句話。

哥哥暗自歡喜，跟弟弟說：「她叫我 "baby"，看來對我有意呢！」

弟弟邊看手機，沒好氣地答他：「你的普通話真爛，人家罵你『卑鄙』呀！」

私隱

去台灣旅行，同團的香港團友追着當地導遊問：

「小姐，你有沒有生痔瘡？」

導遊不明所以。只見團友跟着掏出大疊港幣鈔票，講了半天才說清楚，原來他問：

「小姐，你有沒有散紙唱？」

阿嫲急 call

九十八歲的祖母今早煞有介事地叫小孫子：「趕快請你那個做殯儀業的朋友來，我想找他替我準備後事。」

小孫子丈八金剛摸不着頭腦。

「就是上星期來過的那個佐治，他告訴我他是做壽衣的。」

小孫子想了半天才恍然大悟：「哦！George！他是個獸醫啊！」

行家

英英：「今天去了雞尾酒會，碰到三位恰巧都是內地皮鞋業界的代表。」

楚雲：「你跟他們交換名片了麼？他們是哪家公司的？」

英英：「沒有啊，他們只說了自己是做鞋的，平時愛寫文章。」

楚雲：「人家不是做鞋的！他們是『作協』，作家協會的人啊！」

閻王使者

內地旅客在香港身體不適，被十字車送往醫院。

當值醫生用不太標準的普通話問他：「先生，你有沒有理由死？」

問了幾次之後，呼吸急促的病人為難地說：「應該沒有，我還沒理由死啊。」醫生點點頭，隨即在入院登記表上寫上：「病人無旅遊史。」

變幻原是永恆

學生參觀內地城市，聽負責人介紹城市未來數年的發展大計。

志剛和達明竊竊私語：「這地方好厲害啊！那人說：『三年一小便（變），五年一大便（變）！每天都在不斷變花面貓（變化面貌）！』」

喇叭粥

朋友的祖母是北京人，她說要讓我嚐嚐她煮的喇叭粥。

我知道牽牛花俗稱喇叭花，闊腳褲俗稱喇叭褲，但甚麼是喇叭粥呢？原來老人家說的是農曆十二月（臘月）初八日，根據習俗用米、豆等穀物和棗、栗、蓮子等煮成的粥，「臘八粥」是也！

府上在哪裡？

在公園運動，常見一位上海老太太在做體操，她很健談，愛和其他晨運友搭訕。她告訴我自己住在「屙爛屎雞」，每天司機載她來此處運動。

我一直不知她住在哪條街，直至今天走到西半山，看見一個路牌，才恍然大悟：原來街名是「屋蘭士街」，英文是 "Oaklands Avenue"。

各行各業

面試

年輕的牧師厭倦了當神職人員，便去投考警察。

面試時，考官問他：「廣場上聚集了一大批人，有可能生事。你有何方法和平地驅散群眾？」

牧師答道：「那還不易？只要把奉獻箱拿出來勸捐，人群很快自會散開。」

後生可畏

姨甥初為人師，不時和我分享作為「人之患」的苦與樂。

某日，他向中一男生講述美國第一任總統華盛頓的故事。

華盛頓小時候頑皮，把父親心愛的櫻桃樹砍掉。但他很快便知錯，並坦白向父親認錯。

姨甥想向學生灌輸「誠實」和「寬恕」這些美德，便問學生，何以老華盛頓沒有責備兒子。

一個坐在後排的男生輕聲說道：「因為華盛頓手中仍拿着那把鋒利的斧頭……」

累死街坊

口才訓練班的導師不時提醒學員，想做一個好的講者，必先養成良好的說話習慣，包括講話時的咬字、語言、語氣，乃至應在句子中的哪些位置停頓或加速減慢，才能使溝通最有效。他為了加深學員的印象，便說了以下的故事。

話說當年國共交戰，情況混亂，經常有各種不同消息傳出。某次，有人聽見新聞報導員說：

「一槍打不響，兩槍也打不響，三槍打中蔣委員長⋯⋯」

外國駐華記者紛紛把消息迅速發回本國。正當多國政要以為蔣委員長已受槍傷之際，忽又接到駐華記者的補充資料：

「一槍打不響，兩槍也打不響，三槍打中蔣委員長⋯⋯的侍衛隊長。」

各國政要稍稍鬆了一口氣，知道開槍者誤中副車，蔣委員長並未遭逢不幸。但那個侍衛隊長姓甚名誰，是傷是死？

原來，新聞報導員說話時停頓在不當的地方。過了半天，真相大白，原來整條新聞是這樣的：

「一槍打不響，兩槍也打不響，三槍打中蔣委員長的侍衛隊長的襟章。事件中無人受傷。蔣委員長安然無恙。」

如實申報

桃麗在外國領事館工作，負責處理移民申請。

某天，她見到一份填寫好的表格：

「婚姻狀況」一欄，申請人填了「美滿」二字。「與贊助人之關係」一欄，則填了「尚未發生」。

不求甚解

物理科老師問學生：「飛機為甚麼叫做『飛機』？」

學生答：「因為它會飛。」

老師：「為甚麼它會飛？」

學生：「因為它是飛機。」

食物中毒

醫學院教授史密夫應邀主持講座，探討食物中毒的問題。他問大家最常見的食物中毒個案為何。

觀眾席上傳來一個聲音：「是吃了自己的結婚蛋糕⋯⋯」

四季氣候

兩個導遊對話。

雲南導遊對柬埔寨導遊說：「我們雲南四季如春，最宜旅遊，不像你們柬埔寨，一年到晚只得一個熱字。」

柬埔寨導遊笑着回應：「你們是四季如春，不就是千篇一律嗎？我們的氣候四季分明，有趣多了！」

「柬埔寨也有四時之分？」

「當然了！是熱、好熱、好鬼熱，和好鬼死熱呀！」

言傳身教

小學三乙班某學生經常在班上講粗口，老師屢勸無效，便告知校長。校長乃請該生父親到校一談，擬了解一下學生的情況，實行家校合作。

家長來到，校長向其道明原委，之後召學生到校長室。

家長一見兒子，勃然大怒，高聲喝罵之：「X你老母，你個死仔包屌家拎，做乜X嘢學人講粗口呀……你講乜X粗口呀你，吓？你講乜X嘢呀……X那媽！」

校長恍然大悟。

悔不當初

心理學家參觀精神科病院。院長先向他簡介病人情況，之後巡視病房。

忽見一個病人用頭猛力撞向牆壁，手中拿着張相片嚎啕大哭。專家便問道：「他怎麼了？」

院長說：「他很想娶照片中那個女人為妻，却因猶豫不決，錯過了機會，後來瘋了。」

接着，專家又聽見對面病房的病人在尖叫，還緊握雙拳，把頭不斷撞向牆壁。他問院長：「這病人又怎麼了？」

院長答道：「他就是娶了剛才相片中那個女人，結果被送進這裡來了。」

三句不離本行

洪醫生是眼科專家，醫務所牆上掛滿了病人送的牌匾，都是感謝稱頌他的：「眼科聖手」、「還我光明」、「術德兼備」。其中一塊牌匾是他為一位病人做了白內障切除手術之後獲贈的。

病人是個中史老師，他題的字是「返清復明」。

理論與實踐

鳳瑛是著名歌唱家，近月常遭藝評人嚴厲批評，認為她水準下降。最終她也沉不住氣，在接受訪問時，還了他們以下這番話：

「藝評人其實和後宮的太監差不多，他們一天到晚看着別人做，每個動作該如何如何做他們都一清二楚，偏偏叫他們自己做，他們却做不來……」

確切回應

展鵬約了客戶在國際貿易中心三樓的餐廳談生意。他一坐上計程車便吩咐司機：「去國貿中心三樓。」

司機在倒後鏡看他，回應道：「唔好意思！我架車唔識上樓……」

並無虛言

話說年前結業的港龍航空公司，在創業之初，業界戲稱其為「天上有地下無」的航空公司。

何解？原來港龍起初只有一架飛機。後來，該公司添置了第二架飛機，兩機交替飛行，就出現「天一半地一半」的局面了。

有眼不識泰山

保羅在大學新生迎新會上碰到一個身材嬌小玲瓏，含羞答答的女孩子，便上前搭訕。

「嗨！我叫保羅，我是二年級的學生，人類學系的。好像沒見過你啊？你是哪一科的？」

「我也是人類學的，我是新來的教授。」

性命攸關

荷西的父親是西班牙人，母親是拉脫維亞人，但荷西的英文卻說得異常流利。問他何故，他答曰：「我在歐盟工作，共有二十多種法定語言，但火警鐘一響，有關緊急疏散的宣布必定先以英語作出的。生死攸關，英語怎能不好啊？」

毒藥

藥劑科學生問導師：

「過了期的毒藥，藥性會變得更強還是較弱？」

激將法

清潔女工見男廁尿兜四周地上總是尿液滿佈，乃請人代書告示如下，貼在尿兜旁牆上：

「行前一小步，文明一大步」。

多日後情況仍無改善。女工乃請人再書另一告示：

「射唔中係因你短，
射出界係因你軟。
係男人就唔該識做！」

一天後，男廁衛生情況大有改善。

抗疫良方

新冠肺炎疫情嚴重，人人留在家中不敢外出，精神抑鬱。當輔導員的朋友教我宣洩方法。

1. 去洗衣服：把髒衣物掉進洗衣機裡，大聲地對洗衣機說：「快給我滾！」

2. 去大便：排洩完畢，邊沖廁所邊向廁缸大聲說：「食屎啦！」

不可一世

我到街市想買一尾鱖（音「季」）魚來吃。

走進一間海鮮店問老闆：「有冇鱖魚？」

他打量了我一眼，答道：「幾貴都有！睇你荷包有幾多錢！」

業績問題

天生具有陰陽眼 * 的兒子，伴着父親找醫生。來到樓下見水牌上有甲醫生與乙醫生。

父：兩個醫生，看哪一個呢？

子：看乙醫生吧。

父：何解？

子：他門前只有一隻鬼。甲醫生門前有三隻鬼。

父：還是看甲醫生吧。

子：何解？

父：甲醫生行醫四十年門前才有三隻鬼，但乙醫生去年才開業啊！

註：相傳世上有一種人，眼睛能辨陰陽，看得見亡人陰魂，俗稱「陰陽眼」。

觀察入微

婦產科教授叫一年級醫科生試舉出母乳相比配方奶粉有何優點。

學生的答案如下：「營養較佳」、「餵母乳有助促進親子關係」、「保暖恆溫」、「令嬰兒增強抵抗力」、「免費」。

教授問還有沒有補充。

一個男生靦覥答道：「容器美觀。」

民意

某銀行亞太區經理將到歐洲總部述職。她向下屬發出通告，叫同事們以不記名方式寫出自己的期望，好讓她能代他們向上頭爭取。

兩天後她收到了數個同事的意見：「爭取更換亞太區經理。」

九

網絡世界

親愛的

小情侶幾天沒見面，鬧彆扭，女的哭哭啼啼嚷着要分手。

男的急了，哭喪着臉求和。「親愛的，你怎麼了？」

「還說甚麼親愛的！你跟我都不親不愛了！」

「甚麼意思啊？」

「你的短訊都用簡體字了，『親』少了『見』，『愛』沒有『心』！」*

*「親愛」的簡體字是這樣寫的：「亲爱」。

電腦翻譯

妹妹想知道「自尋短見」這個成語英文怎樣表達。在網上她找到以下一個譯法：

"To look for a short meeting."

光速與音速

物理課堂上，老師告訴學生：「光速比音速快。」

一個學生表示不同意。老師問他何解。學生答曰：

「爺爺很疼我，每天都噓寒問暖，我起初用手機和他聯絡，後來見他打短訊十分慢，還是跟他講電話算了。」

神秘短訊

老李年過五十，娶了個貌美如花的妙齡女郎為妻，婚後不久，他總覺妻子行為有點古怪，懷疑她有外遇。

連續兩個星期，他都發現妻子手機不時傳來同一神秘短訊：「趙兄託你幫我辦點事。」

經「解碼」後，老李決定離婚，原來短訊倒過來讀是：

「十點半我幫你脫胸罩。」

明眼烏鴉

兩隻烏鴉想吃田裡的穀物。

一隻說道：「不行！田裡有個人看守着！」

另一隻說：「不用怕！那是稻草人來的。」

「你怎知他不是個人？」

「他沒有看手機啊！」

新冠疫情

妻子打短訊給在酒店隔離的丈夫：「你過得怎麼樣？受苦了吧？」

丈夫回覆：「跟在家裡差不多，都是不准出門，沒有酒喝，伙食也很差！」

罪惡剋星

新加坡警方最近就欺騙遊客案件，加強執法，頗見成效。就此收到來自台灣旅客的嘉許信。職員用電腦把信譯成英文。

外籍上司看後啼笑皆非。信中對警方的讚詞："You really deserve our penis!"（原文是「閣下實在值得我輩欽敬！」）

人工智能

敏兒問媽媽：「上班要每天都化妝的嗎？」

媽媽：「以前可以隨便些，化不化妝都可以，現在不行了。公司入口處安裝了人工智能面孔識別系統，我不化妝它就認不出我來了！」

WhatsApp？

一家人在手機群組對話。

姐：母親節食咩？

弟：唔知喎。

兄：是但。

父：佢為咩節食？

姐：我問你哋母親節同阿媽去邊度食飯。

港式短訊

外甥孫給我看他的新手機。我看到一條 WhatsApp 短訊，便問他：「乜你哋而家嘅學生哥咁粗口爛舌嘅？」

他看了一下短訊：「舅公，呢個係簡寫嚟㗎！ "F U later!" 係『遲啲覆你』嘅解！」

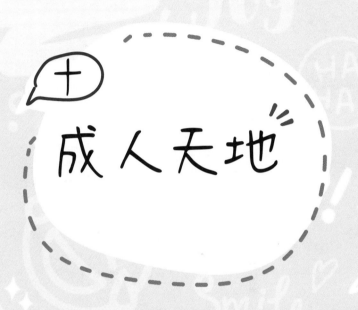
成人天地

簡體字

小張與太太新婚燕爾，非常恩愛，兩人不時以短訊傳情。

一天，小張在短訊寫道：「甜心，我好掛住你。我今晚想食湯麵，可以淥個麵俾我食嗎？」

只懂寫簡體字的張太太回應：「亲爱的，我也好想你。你今天晚上早点回家吧。我下面給你吃。」

恐怖小説

國棟：「爸爸，我想看恐怖小說，你可否介紹一下？」

「當然可以，就在我的夾萬裡。」

「書名是甚麼？作者是誰？」

「書名叫『結婚證書』，作者是你媽媽。」

行政智慧

卓漢是美術學院院長。某學生在學習人體素描期間，竟與朝夕相對的裸體模特兒共墮愛河，未幾更「弄出人命」——模特兒懷了孕，無法繼續工作。

繪畫導師來問卓漢該如何是好。因整件事表面上只屬兩個成年人的私事，卻又並非與學院完全無關；況且，學院現時又須再另聘模特兒。

最終，卓漢要求該學生繳付象徵式的罰款了事，而受罰原因則是「損壞教具」。

自討沒趣

七十歲的湯姆風流成性，是夜又在酒吧兜搭鄰座的美艷女郎。

「小姐，在我生命中，妳去了哪裡呀？」

「三分之二的時間，我還未出生哩！」

數學題

數學教授與老婆離婚。臨走前，女方留下一張便條給他：

145 X 154 ÷ 4 (1 + 1) 80

老教授搜索枯腸仍猜不透便條的內容。

月之某日，舊事湧上心頭，他按捺不住，便把此事告知得意門生。這學生一看便說出答案：

一事無成　一無是處　死王八蛋

大難題

甲女：你每天都帶着老公張相在手袋去上班，真是羨煞旁人。

乙女：無論碰到甚麼難題，只要我見到他的相片，問題就會迎刃而解。

甲女：他真有這麼大的魅力？

乙女：非也。只因在我心目中，冇嘢難搞得過呢個老公。

東床快婿

外母想考驗三位女婿。

首日先邀大女婿一同散步，過橋時突然跳下水，大女婿馬上跳水把她救起。隔日丈母娘便贈他一輛 BMW。

丈母娘又如法炮製，考驗二女婿，也被救起。二女婿也獲贈一輛 BMW。

她再試試三女婿，可惜三女婿不會游泳，來不及拯救，丈母娘不幸溺斃。

翌日，岳父便送他一棟別墅，外加一輛法拉利。

好幫手

幾個男人吹牛。

甲說：「太太說我不夠熱情，於是我找『偉哥』幫吓手，果然使得。」

乙說：「太太也說我不夠熱情，我便去找『偉姐』幫吓手，果然使得。」

丙問：「『偉姐』是甚麼？」

乙答：「她是我的新女友。」

夢中情人

夜裡，老婆聽到老公在哭，忙把他叫醒，問怎了？

老公說：夢見自己又結婚了。

老婆說：那不是挺好的麼？你不是早就想再找一個嗎？哭啥呀？該高興才是。

老公說：入洞房時一揭頭蓋，他媽的，原來還是你！

旗鼓相當

婦人：醫生呀！你看我被丈夫打成這樣，我不想活了啦！

醫生：別擔心，皮外傷，擦點藥就沒事了。你丈夫呢？把你打成這樣也不過來關心一下？

婦人：哦，他有來啦，在急救！

男女有別

女人都想天長地久，
男人都想長時持久。

問卷調查

性愛研究中心做問卷調查。其中一條問題是：

「你在性交後會做何事？」受訪者答案如下：

看手機：35%

睡覺：10%

吸煙：5%

洗澡：5%

回家：45%

習慣說

國際身心健康組織一項調查顯示：全球人口當中，百分之九十有手淫的習慣，另外有百分之十則有說謊的習慣。

聲情並茂

廣告相片中男女相擁，女的目光挑逗，男的看似蓄勢待發。

廣告口號是：「Let's be 堅！」賣的產品是威而鋼（偉哥）。

真不湊巧

亞祥想增加夫妻生活情趣，便帶老婆去開房，搞搞新意思。

不巧遇到差人來查房。差人一見祥嫂，陰陰笑道：「乜咁啱又係你呀？」

啼笑皆非

財叔死了，財嬸站在他的墓前，邊哭邊說道：

「現在好了，起碼我每晚都知道你在哪兒過夜！」

洋紫荊

燊伯年逾九十，最愛數說自己一生的風流韻事。

「我三妻四妾，又多女朋友，但我個個都同樣愛惜，有情有義，照顧足一世。我稱呼佢哋做『洋紫荊』，何解？英文名叫 "Bauhinia"（包起你呀）吖嘛！」

打字

卿卿的老公非常熱情，經常在老婆幫兩個孩子溫習時求歡，暗語是「我想打字」，令卿卿甜在心頭却又難為情。

孩子考了幾天試，卿卿忙完，回過神來，想逗老公開心，便低聲問道：「Honey，我哋打字好唔好？」

老公木無表情，答道：「我手寫咗喇。」

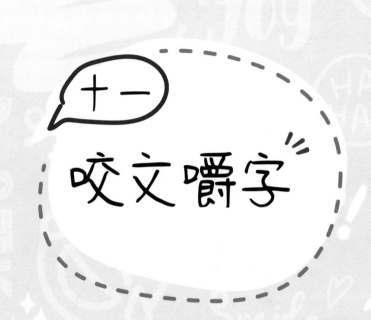

臨床醫學

近年常有人探討，西醫和中醫在臨床方面的經驗與實踐，可否互相借鑑。郭醫生上星期在醫院的員工講座正是以這個題目發表演講。

郭醫生在英國長大、學醫，粵語說得不太流利，但他堅持用中文發言，以表親切。

他劈頭第一句便說了：「我相信，中醫同西醫，喺床上可以結合……」

現場直播

樂樂從加拿大回流香港，在電台任職 DJ。他能說流利粵語，但對中文的詞彙拿捏不準，上星期便鬧了笑話。

上司吩咐樂樂在節目中帶出「去蕪存菁」的主題：不悅耳的歌曲要排斥，勁歌金曲則可多選播。

樂樂甫開咪，口快舌快說了下面這幾句：「好聽嘅歌梗係要播多啲俾大家聽，唔好聽嘅歌，我哋要一齊排洩！……」

中西合璧

三叔公年輕時在西人大班家中當雜工，因言語不通，鬧過一些笑話。

月之某日，大班叫他：「阿明，呢封信幫我燒咗佢，快啲！」

三叔公便趕緊把信燒掉，之後回報任務已完成。這才發覺原來大班說的話是中英夾雜，他是叫三叔公把信 "seal" (以火漆封口之意) 了！

速遞豬扒

西人大班嗜吃豬扒。某日，助理告知，廚子準備了 pork chop（豬扒）給他做午餐。大班甚是高興，他示意廚房上菜，說了句助理聽不懂的話。

片刻，助理把一大碟斬碎的豬扒奉上。大班一見，吹鬚碌眼，呱呱叫道：「呢啲係乜？ pork chop ？爛晒？」

助理結結巴巴說道：「Sir，你話 chop pork，我叫廚房斬碎晒啲豬扒……？」

大班為之氣結：「我講 "chop chop"，叫你快啲俾我食 pork chop ！」

於是，助理學懂了一個英文詞語：原來 "chop chop" 是「速速」之意！

猜猜我是誰？

奴生來冰清玉潔，貌美如花，白璧無瑕。

可恨那風流公子，看上奴家，

把我帶到黑處玩耍。

一任他翻雲覆雨，

再由他高高低低，上上下下，

把我弄得暈頭轉向，唉吣吣！

那冤大頭玩了半天，

仍不把我放下，

臨行前還把奴家一插！

只聞他高聲大笑：「哈哈哈！」

— 乄 的自述 —

（謎底在第 148 頁左下角）

經濟

七歲的小晴對爸爸說：「我覺得大人說話很難懂。」

「是嗎？」

「你們說小型汽車省汽油，所以經濟。但去超級市場買紙巾，你們却說越大盒越好，叫經濟裝。到底是小的東西經濟，還是大的東西經濟呢？」

病到七彩

大雄跟台灣來的朋友聊天，提到家人流年不利，病到五顏六色。台灣朋友不解，問甚麼叫「五顏六色」。大雄娓娓道來：

「爺爺青光眼，嫲嫲白內障，幾個孩子也輪流染病，一個猩紅熱，一個紫斑症。岳丈大人白癜風，岳母大人則剛剛確診紅斑狼瘡。大女兒說自己最健康，因常去游泳，不料又得了紅眼症，青春期的她還滿臉『黑頭』。太太操勞過度，又患了黃疸病。」

「那你自己還好吧？」朋友關切地問。

「我算幸運，只是大腳趾有灰甲。」

虎父無犬子

中文課堂上，老師解釋「虎父無犬子」一詞。之後是討論時間。

女生甲說：「這個詞語性別歧視，應改為『虎母無犬女』。」

女生乙說：「虎和犬的遺傳因子不一樣，所以虎父不可能生出犬子。這個形容詞合理。」

女生丙說：「不對！虎父有可能生出犬子，我的鄰居便養了一頭老虎狗。」

敬辭

我在大學公關部任職，負責校內一些會客室、宴會廳和小禮堂的租借服務。

某日，一位年輕外籍教授進來，想借禮堂搞活動。他禮貌地說道：

「對不起，我想借令堂用一用……」

快譯通

我到幼稚園當家長義工，和小朋友玩得十分高興，我乘機考考他們的英語水平。

我先從一些常見的生活字詞問起，他們都能答中。

最後，我說了一個較深奧的字。我問有沒有人知道 "useful" 一字的意思。

小朋友正在嘻哈大笑，因為沒有人懂。突然後排一個小女孩把手舉起。

我喜出望外，問道：「你知道 "useful" 是甚麼意思？」

她點點頭，害羞地答道：「於是乎……」

甚麼國粹

英國商人訪華，與北京朋友聊天，無所不談。

回國後，他對華裔妻子說，沒想到北京朋友的祖父也喜愛玩板球遊戲，還以為這是英國人才喜好的玩意。

妻子微笑着回應他：「此 cricket（板球）不同彼 cricket，老爺子玩的，可是蛐蛐兒呢！」

註：英文字 "cricket" 一個意思是板球，另一個意思是蟋蟀，亦稱蛐蛐兒。

性本善

甲公司與乙公司正在磋商合作協議,文本要中英兼備。甲公司表示,合約內所寫的「長期性合作」一詞,當中的「性」字可省略。乙公司代表向不諳中文的上司報告:"They don't want sex."

文法問題

老師在黑板寫了 "kiss" 一詞,問學生這是甚麼。

學生甲:「動詞。」

學生乙:「名詞。」

學生丙:「連接詞。」

宣傳口號

若干年前，家庭計劃指導會的宣傳口號是：

「心思思，有件事，遇疑難，話我知。」

非常溫馨體貼，深受歡迎。却有口痕友把口號略為改動，效果令人啼笑皆非。

「心思思，有件事，遇疑難，話知你。」

半夜是多少？

夜深，甲和乙在討論時間問題。

甲：古人說半夜三更，不對。應說二更半。

乙：半夜三更就是半夜三更。

甲：明明是一夜的一半，怎會是三更？

乙：約定俗成，三更就是半夜。

甲：不對，二更半才對。

乙：你食古不化。

甲：你才不對。

乙覺得甲蠻不講理，甲也覺得乙蠻不講理，兩人初則口角，繼而動武，乙把甲打傷，甲大叫救命：

「救命呀！半夜三更打死人啊！」

乙：你怎不早說？

搭配問題

我兩位朋友都在錄音室工作。近日我去探望他們，發現工作單位的「門牌」甚搞笑：A君的工作地方叫「錄音部」，B君的叫「配音間」。

燈謎

元宵佳節，請讀者一起來猜燈謎。謎面是「病得那麼厲害」，猜一中國古代文人。

（謎底在第 168 頁左下角）

十二

匪夷所思

彼此彼此

我家花園外牆不時有人塗鴉。

兒子終於忍不住,拿了桶油漆來把牆粉刷,去掉了塗鴉,並以端正字體在牆的正中位置寫上四個大字:「請勿塗污」。

不料翌日見到四個大字旁邊有人寫了四個小字:「你又塗污?」

環保家宴

蔡伯與外籍新女婿共進午餐。

女婿出言不遜:「你們這兒的人實在太浪費了,每人一對筷子,一頓飯下來,砍伐了不知多少樹木。在我家鄉,人人都習慣用右手吃飯,真是環保得多。」

蔡伯心裡不是味兒,但礙於情面,不便反駁,便說道:「賢婿說得也有道理。不如今晚你來我處,示範一下如何用手吃飯,好讓我們見識見識?」

外籍女婿洋洋得意,答道:「樂意之至。」

蔡伯隨即吩咐老伴:「今晚好好招待賢婿,一於請他吃火鍋。」

高級茶餐廳

朋友從外地來香港，特意光顧富本地特色的茶餐廳。

她拿着餐牌點菜，吃力地唸：「牛油餐包、黑椒牛……」

夥計一臉不耐煩，叫她道：「講英文啦！」

朋友有點困惑，之後便說起英語來："bread with butter, black pepper steak..."

夥計不客氣地打斷了她的話：「你要 A 餐定 B 餐呀？」

學術文章

兩個大學一年級生在討論功課。

甲問乙：「為甚麼寫論文一定要旁徵博引？」

「因為只引述一個人的論點會構成『抄襲』，但引述多個人的論點就變成『研究』了。」

看甚麼？

美女去提款，插咭後發現後面的男人盯着她看，她心一緊張，輸入密碼幾次都沒反應。

她沒好氣衝後面的男人嚷道：「看甚麼看？是不是想打劫呀？」

後面的男人連忙表示：「我就是想看看，你把身份證插進去，到底能取出多少錢來。」

飲食文化之我係香港人

洋人問香港導遊：「聽說香港人吃的東西很殘忍，是嗎？」「煲仔飯。」

還有呢？「老婆餅和盲公餅。」

還有更恐怖的嗎？當然有，「油炸鬼。」

洋人大驚。吃甚麼最開心？「食阿公最高興。」

最怕吃甚麼？「食自己最慘。」

徒勞無功

老婆：我想去學游泳，人人都說游泳可以瘦身減肥。

老公：傻婆，你看鯨魚二十四小時都在游泳，牠有瘦過嗎？

斷捨離

我是義工，專門探訪獨居老人。

周伯甚麼都捨不得扔掉。一天，我去探他，他正在洗冷水澡。

我問他：「周伯，你有病嗎？天氣這麼冷，家裡又不是沒有熱水器，你怎麼洗冷水澡啊？」

他說了句讓我終身難忘的話：「家裡還剩兩包感冒藥，再不吃就過期了！」

其志可嘉

小鎮超級市場代售慈善獎券，每買一條十卷裝廁紙即可獲獎券乙張，頭獎為一廳三房的小型住宅單位一個。

麗莎不時都來光顧。皇天不負有心人，她終於中了頭獎。

月之某日，她請朋友來參觀她的「獎品」。她們先看了客廳，再看兩個睡房。

朋友帶着豔羨的目光說：「你真幸運啊！還有第三個睡房呢？」

麗莎靦覥答道：「沒有了。」

朋友：「甚麼？」

「全都放滿了廁紙了。」

勝利之光

西班牙小鎮每周六有鬥牛表演，餐廳以此作招徠，鬥敗的牛屠宰後，睪丸入饌，甚得旅客喜愛。

某夜，兩食客聞風而至，點了這道名為「勝利之光」的風味菜。

侍者端菜上來，食客見只有波子大小的肉丸兩顆，大失所望，問何以如是。侍者輕描淡寫答道：「今日贏的是那頭蠻牛。」

充耳不聞

村長老婆勸村長：「這麼多村民都想你下台，你還賴死不走？」

村長：「我不覺得反對我的聲音很大。」

「那是因為你老是忘記戴助聽器啊！」

廣告一則

美國小鎮報紙廣告一則：

茲有墳場墓穴急讓。墓主急須搬遷，願割價出售。

有興趣者請致電 XXXXXXXX。

最佳選擇

老師問學生，政治黑暗，壞人當道之際，人應該如何自處。

甲：「我選擇遵命。」

乙：「我選擇革命！」

丙：「最好還是認命……」

丁：「當然是趕快逃命！」

作者：麥曦

也是緣份

女：「你講咗足足四十分鐘電話，同邊個咁好傾？」

母：「是個搭錯線的。」

女：「搭錯線也可傾咁耐？」

母：「有甚麼稀奇？我嫁錯老公，都可以同他一起生活了六十年！」

因果關係

甲：你一天到晚都這樣焦躁不安，是何原故？

乙：我若知自己為何焦躁不安，就不會焦躁不安了！

單車的優點

阿全：單車相比汽車有甚麼優點？

阿炳：偷單車比偷汽車容易得多。

阿全：是嗎？

阿炳：單車脫手也易得多。

官僚

李伯是退休公務員，可享免費牙科保健服務，但要輪候很久。月之某日他去看牙。

醫生問：「你來做甚麼？」

「種牙。」

「但你的牙已全掉了，無法再種。」

「那是因為今天這個就診期是十年前排給我的。」

曬命

黑色笑話一則。

某大嬸經常曬命：「冇人有我咁好命，我共有十三個仔，一個月死一個，我都仲有一個。」

那一年，她的兒子全死光了，因為那年有閏四月。

十三

過來人語

姑婆語錄

姑婆已八十多歲，但身體健康，心境開朗，而且幽默過人，經常妙語如珠，充滿正能量，逗得一班姪孫女開心不已。以下是她的「警世名言」摘錄：

- 有口才不如有口德。

- 長舌者得人憎，長情者得人愛。

- 胸前偉大不若胸襟廣闊。

- 皮膚緊緻不若荷包鬆動。

- 頭髮白好正常，心腸黑才恐怖。

- 子宮下垂有得醫，老公下流冇得救。

- 人淨係生得高冇用，要人格高才有用，最好仲要人工高。

- 常做太極師傅教的「提肛收腹」運動，可防止失禁，並可保持性生活質素，因為運動的目的是「收陰肌」。

- 丈公阿仁有睡眠窒息症，睡覺時鼾聲如雷。姑婆笑說每晚與他同眠叫「仰『仁』鼻息」。

- 脊柱側彎是無可奈何，但人格正直則是不可或缺。

盧山真面目

兒子問爸爸：「聽說古代的新郎一直要到結婚時，才能看清楚新娘子是甚麼樣的，是真的嗎？」

爸爸答道：「是啊。不過現在要更晚，要等結婚後，她才會露出真面目！」

良辰吉日

有個小學生見爸爸收到喜帖，便指着上面的日子問爸爸：「爸爸，為甚麼大家都說結婚要挑好日子呢？」

爸爸答道：「因為結婚以後，就不會再有好日子了……」

是敵是友

甲：為甚麼媽媽都不喜歡媳婦？奶奶却愛孫子媳婦？

乙：因為敵人的敵人就是朋友嘛！

驚弓之鳥

兒子問父親：「為甚麼我女朋友這麼好哄，個未來外母就咁難搞呢？」

父親：「因為外母已經上過一次當嘛！」

香車美人

甲看見路旁男人替女人開車門，便對乙說：「這架車肯定是新的。」

乙說：「非也，這個女人才是新的。」

嬰兒的智慧

小敏：「為甚麼初生嬰兒總是哭得這麼悲慘似的？」

媽媽：「因為他們早就知道搬家是多麼麻煩痛苦！」

準新郎

子：爸爸，我要結婚。

父：你先跟我說對不起。

子：為甚麼說對不起？

父：說對不起。

子：但我做錯了甚麼？為甚麼要說對不起？

父：叫你說你就說。

子：但是……我到底做錯了甚麼呢？

父：說對不起呀！！

子：為甚麼呀？

父：說對不起！！

子：爸爸，請問為甚麼我要說對不起呢？

父：叫你說就說！！！

子：好了好了，爸爸……對不起！

父：行！你受訓完畢了。你學會了不為甚麼也能說對不起，那你就可以結婚了！

瀕危物種

甲男：我想離婚，因為我老婆已經一個多月不跟我說話了！

乙男：你要考慮清楚，現在這種說話不多的老婆已經很難找了！

與子偕老

小孫女問爺爺，結婚是甚麼。

爺爺答：「幾個人生階段：

婚前：男的講，女的聽。

結婚初期：女的講，男的聽。

結婚二十年：男和女一齊講，鄰居聽。

結婚四十年：男和女都因年老生病而失語失聰，大家都講不出聽不見了。」

（十三）過來人語

苦命

口罩：我真苦命，整天要聞那些人的口臭氣味！

廁紙：那你想不想跟我對掉試試看？

代價慘重

兒：甚麼叫「付出慘重代價」？

父：我當年貪便宜，買了些次貨避孕套，你便是我付出的慘重代價。

品味

母：千萬別批評老公的品味和眼光。

女：為何不可？

母：因為你也是他選擇的。

經驗之談

阿富：「吸毒不會上癮的，我最清楚了。我吸了二十幾年。」

（十三）過來人語

十四

妙哉中文

聯婚

五十年的老同學聚會，大家憶述當年戀愛結婚的趣事。

老何先說：「我和小梅一見鍾情，很快便決定結婚，本想只搞一個簡單而隆重的婚禮，但未來岳父畢先生却說要雙方合辦婚禮，他還笑道：你兩小口如此情投意合，『何畢聯婚』呢？」

小周則說，她和丈夫拍拖五星期便決定結婚，可謂閃電式。她的夫婿恰巧姓伍，所以他們是「伍周聯婚」。

輪到老馬，他臉紅紅的憶述當年與女朋友初嚐禁果，女友有了身孕，於是奉子成婚。馬太太本姓尚，所以他們這一對就是「馬尚聯婚」了。

最後出來說話的女同學，據說是清代名將年羹堯的後人。她足足等到近五十歲才遇上意中人鍾先生，兩人結婚時算是大齡男女，喜帖上寫的是「鍾年聯婚」！

不過，同學們一致贊成，大家所見過最惹笑的，當數「毛錢聯婚」、「柯史聯婚」、「柯廖聯婚」和「刁李聯婚」。

成語新解

兩個少年聊天，侃侃而談。甲問乙：「中國和美國都是超級強國，但足球水平都不高，連世界盃十六強也打不入。你有甚麼看法？」

乙答：「這有甚麼稀奇，我們不是有個成語叫『美中不足』嗎？」

差之毫釐

我在研究院唸書時，一位來自歐洲的男生跟大家聊天時常說中文，藉機練習漢語。

一天，他又隆而重之地對同學們說：「我最愛聽楊教授的課，她講課時一絲不掛的樣子特別可愛……啊，不對，我是說她一絲不苟的樣子好可愛！」

如何理解？

戲劇翻譯課程的導師要求學員試把以下的台詞翻譯成英文：

「我喜歡上一個女人……」

結果學員提出了三個不同的譯法：

1. I have fallen in love with a woman.

2. I like to have sex with a woman.

3. I like the last woman.

坐亞望冠

愛蓮報了名參加學校朗誦節。她正在看網上的參賽者名單和比賽秩序表。在旁的爸爸問她，對手實力如何。

「我很有信心自己會得獎，坐亞望冠。」

「真的嗎？」

「因為連我在內，這組別只有兩個參賽者。」

謙謙君子

大學中文系開學務會議。休息時,一眾教授齊去方便。

來到洗手間見只得兩個廁格,大家都互相禮讓。一片「你先,你先……」聲中,忽聽見站在最後位置的年輕助教小黃笑說道:

「君子無所爭,必也射乎……」

服務對象

老胡多年前在縣政府有過一官半職,後來,他「下海」做生意,賺了不少錢。

飯局上,舊袍澤問他,當官與從商有何分別。

老胡笑曰:「只是一字之差:以前,我為人民服務;現在,我為人民幣服務。」

玄機暗藏

移居外國多年的朋友回香港渡假，留意到許多住宅樓宇的名字很古怪，又是「君臨天下」、又是「凱旋門」，有「別樹一居」、「藍天一色」、「雨後」；還有一幢大廈名「牽晴間」。有親戚告知，這是名流小三聚居之處。

朋友問何解，親戚答曰：「『牽晴間』三字倒過來唸，不就是『姦情軒』了嗎？」

冇你咁好氣

辦公室新來的男同事腸胃不佳，整天放屁，而且他的屁既臭且響，大家常給他弄得啼笑皆非。

他試用期滿，要調去另一部門。離開前，他送了一盒糖果給我們，還夾附了這張便條：

「感謝大家包容我每日朝氣『砵砵』，我一肚氣，你們也一肚氣。不過，屁乃天然之氣，出來遊要天地，聞唔聞隨得你，各位幸勿太勞氣。能源部部長（天然氣）敬贈」。

能源問題

地理堂上，老師問學生何處可以找到天然氣。後排傳來一個學生的聲音：「放個屁不就是了嗎？」

閱讀理解

邊緣人：
從前，我喜歡一個人，
現在，我喜歡一個人。

學霸與學渣的分別：
一個是我看完了，
另一個是，我看，完了。

剩男剩女產生的原因：
一是誰都看不上，
二是誰都看不上。

題辭

公司舉辦活動，慶祝拓展業務成功。犯眾憎的大老闆又故作謙虛，在紀念特刊題辭曰：

「功成不必在我」

有口痕友竊竊私語：不如由右至左讀過來更切合現實情況。

勝敗乃兵家常事

車路士大勝曼聯三比零，哥哥是曼聯擁躉，悶悶不樂。

弟弟在旁安慰他：「勝和敗都是一樣，何足介懷？」

哥哥不服：「怎會一樣？」

弟弟道：「你看看這兩則體育消息：『車路士大勝曼聯三比零』；『車路士大敗曼聯三比零』。勝敗不都是一樣啦！」

一國兩制之本地話

內地朋友初到香港，特意買了份報紙看。讀畢整張報紙，他說，我現在終於明白了何謂「一國兩制」。以下是他在報紙上看不懂的語句：

「拿着士巴拿搭巴士」、「拿鐵」、「原則三房標烟冷氣雪櫃」、「幫辦遞蛇匪」、「阿蛇俾黑工走甩」、「士多房」、「整番件咖央多士送華田」、「揸較」、「白居易」。

論語新編之夫子自道

甲男：孔夫子說：「七十而從心所欲，不逾矩。」說得不對。

乙男：如何不對？

甲男：年屆七十的男人都「不易舉」，何來從心所欲？

乙男：有道理，不如改寫為「七十不易舉，力不從心。」

神界歇後語

神仙放屁——非同凡響
天上尿壺——全神貫（灌）注

第一傳人

太極師傅說我練功最勤力，答應日後開新班時，會最先傳短訊通知我。我是他如假包換的「第一傳人」。

自大狂

老教授準備出版自傳。他老花眼很嚴重，堅持要用很粗很大的字體。設計師為求版面美觀，勸他採用小兩號的字體，教授咆哮：「不行！我就是『字』大狂！」

答案：悶爆了（so sick）

後記

三個「惡男」

這本小書的第一個笑話寫於二○一七年，最終要等到六年後結集成書，都是拜三個「惡男」所賜。

按時序，首先是小兒敦文。當日二百多個笑話的初稿完成後，我央求他替我把手稿打字，以便日後交出版社編印。他欣然答允，說要助阿媽一臂之力。不料打至半途，竟然「爛尾」，皆因他那時既要忙於應付中學文憑考試，又要準備負笈海外，根本無暇兼顧此事。老母便說他這樣始亂終棄，實屬「欺凌長者」，他則支吾以對，嘻嘻笑，鬆了人。我唯有另想法子找人打字。

難得外子錫漢自告奮勇，幫忙收拾殘局。他自此每天追着我，嚷道：「不如你俾我打啦，你一於俾我打啦！」自問三從四德，淑婦一名，老公如此下令，焉敢不從？乃開始日日夜夜「俾老公打」了。

然而，百足咁多爪的錫漢雖得我首肯，甘心情願「俾佢打」，但他其實生活事務繁忙，又是做義工司機，又要潛心創作寫書，更要天天堅持「清零」──"training" 是也，學習多國語文，藉以保持頭腦靈活。因此，打字的進度緩

慢。偏偏我又是個性急之人，很快便覺不耐煩，說還是放棄出版計劃算了。

此時竟又有第三個「惡男」殺出來「轟」我：摯友黃健庭說：「你怎能這樣虎頭蛇尾，有始無終？不怕貽笑大方嗎？你若半途而廢，就會變成一個大笑話了！」他的激將法嚇得我連忙就範，再不敢造次，趕緊把書稿交回錫漢，實行繼續俾老公打。初稿既成，更交予「終審庭」──負責最「終」「審」核通過的健「庭」兄，審閱修正，方敢付梓。

以上所述，純屬戲言。我謔稱為三個「惡男」的，實則都是情深義重，對我愛護有加；全賴他們出心出力，不厭其煩，不辭勞苦，一直從旁協助，又不斷鼓勵、支持我，這本笑話集最終才得以面世。謹此向他們衷心致謝！健庭兄在百忙中更抽空為我寫序，賜我墨寶，實在感激不盡！

期望這本笑話集能為各位讀者的生活平添一點樂趣。

二〇二三年十一月

有乜咁好笑?!

作者： 周蓓

編輯： Joyce Shum

設計： Spacey Ho

中文打字： 伍錫漢、伍敦文

出版： 紅出版（青森文化）
地址：香港灣仔道 133 號卓凌中心 11 樓
出版計劃查詢電話：(852) 2540 7517
電郵：editor@red-publish.com
網址：http://www.red-publish.com

印刷： Print 100

香港總經銷： 聯合新零售（香港）有限公司

台灣總經銷： 貿騰發賣股份有限公司
地址：新北市中和區立德街 136 號 6 樓
電話：(886) 2-8227-5988
網址：http://www.namode.com

出版日期： 2024 年 1 月

圖書分類： 笑話／散文

ISBN： 978-988-8868-16-2

定價： 港幣 50 元正／新台幣 200 圓正